Una historia de amor

Una historia de amor
Miguel de Unamuno

ESMERALDA
PUBLISHING

UNA HISTORIA DE AMOR. MIGUEL DE UNAMUNO. Esmeralda Publishing LLC.

Antecedentes:

Este título fue publicado originalmente en 1911.

Para más información, visite nuestro sitio web: www.esmeraldapublishing.com Esmeralda Publishing y su logo son marcas registradas de Esmeralda Publishing LLC.

ISBN: 978-1-64800-034-8

Información de portada:

Convent Thoughts (1851) – Charles Allston Collins

Diseño: Ariel Wajnerman

I

Hacía tiempo ya que a Ricardo empezaban a cansarle aquellos amoríos. Las largas paradas al pie de la reja pesábanle con el peso del deber, a desgana cumplido. No, no estaba de veras enamorado de Liduvina, y tal vez no lo había estado nunca. Aquello fue una ilusión huidera, un aturdimiento de mozo que al enamorarse en principio de la mujer se prenda de la que primero le pone ojos de luz en su camino. Y luego, esos amores contrariaban su sino, bien manifiesto en señales de los cielos. Las palabras que el Evangelio le dijo aquella mañana cuando, después de haberse comulgado, lo abrió al azar de Dios, eran harto claras y no podían marrar: "Id y predicad la buena nueva por todas las naciones". Tenía que ser predicador del Evangelio, y para ello debía ordenarse sacerdote y, mejor aún, entrar en claustro de religión. Había nacido para apóstol de la palabra del Señor y no para padre de familia; menos, para marido, y redondamente nada para novio.

La reja de la casa de Liduvina se abría a un callejón, flanqueado por las altas tapias de un convento de Ursulinas. Sobre las tapias asomaba su larga copa un robusto y cumplido ciprés, en que hacían coro los gorriones. A la caída de la tarde, el verde negror del árbol se destacaba sobre el incendio del poniente, y era entonces cuando las campanas de la Colegiata derramaban sobre la serenidad del atardecer las olas lentas de sus jaculatorias al infinito. Y aquella voz de los siglos hacía que Ricardo y Liduvina suspendieran un momento su coloquio: persignábase ella, se recogía y palpitaban en silencio sus rojos labios frescos una oración, mientras él lavaba su mirada en tierra. Miraba al suelo, pensando en la traición que a su destino venía haciendo; la lengua de bronce le decía: "Ve y predica mi buena nueva por los pueblos todos".

Eran los coloquios lánguidos y como forzados. La reja de hierro que separaba a los novios era una verdadera cancela de prisión, pues prisioneros, más que del amor y del sentimiento, de la constancia y del pundonor estaban. Ya los ojos de Ricardo no bebían ensueños, como antaño, en las pupilas de ébano de Liduvina.

—Si tienes que hacer, por mí no lo dejes —le había dicho ella alguna vez.

—¿Qué hacer? Yo no tengo, nena, más que hacer que el de mirarte —le respondía él.

Y callaban un segundo, sintiendo la vacuidad de sus palabras.

Su tema de coloquio era la murmuración casi siempre; sobre todo, acerca de las demás parejas de novios de la ciudad. Y alguna vez, Liduvina exhalaba embozadas quejas de la vida de su hogar, entre aquella pobre madre, casi paralítica y siempre silenciosa, y aquella hermana, corroída de envidia, y sin hombre alguno en la casa. De su padre no se acordaba, y muy poco de un hermanito, con quien jugaba como si fuese un muñeco, y que se le fue de entre las manos y los besos como se va un ensueño de madrugada.

Retirábase Ricardo de la reja cada noche pensando más aún que aquel amor había muerto no bien nacido, pero volvía arrastrado por un poderoso imán. Llamábale la apacible y triste melancolía que del ámbito todo del callejón se exhalaba. El negro ciprés, las altas y agrietadas tapias del convento, los incendios de la puesta del sol, los conciertos de los gorriones, todo ello parecía formado para concordar con los grandes ojos negros de Liduvina y con las negras ondas de su cabellera. ¡Cuántas veces no contempló Ricardo los arreboles de la tarde reflejados en los cabellos de su novia! Y entonces tomaba esta algo de los rojores aquellos, algo también del canto de las campanas, que parecía, sonorizándola, espiritualizarla; y pensaba el pobre esclavo del cortejo si no era Liduvina misma la buena nueva que se sentía llamado a predicar. Pero muy pronto veía en los rizos, donde morían los últimos rayos del sol, olas de un río negro, que lleva a quien a él se entrega a un mar de naufragio.

Tenía que acabar con aquello, sin duda; pero ¿cómo? ¿Cómo romper aquel hábito? ¿Cómo faltar a su palabra? ¿Cómo aparecer inconstante e ingrato? Adivinaba, sabía más bien, que ella estaba tan desengañada de aquel amor y tan cansada de él como él de ella; y hasta se lo habían dicho en silencio el uno al otro, con los ojos, en un desmayo de la conversación, y sobre todo al mirarse después de la breve tregua de la oración del Angelus. Pasábanse, sí, las tardes velando un muerto sentimiento, prisioneros del honor y del bien parecer. No; ellos no podían ser como otros a quienes tantas veces censuraran. Pero para no ser como otros, no eran ellos mismos. ¿Cómo provocar una explicación, confesarse mutuamente, darse la mano de amigos y separarse, con pena, sí, pero con el goce de la liberación? A él le esperaba el claustro; a ella, tal vez, el alma de hombre predestinada a ser el rodrigón de su vida.

Cavilando en su caso, dio Ricardo en una solución, a la par que ingeniosa muy sentimental. Los amoríos se prolongaban; hacía ya cinco años que venían con ellos, y aunque tanto él como ella tuviesen más que lo suficiente para poder vivir sin trabajar, la madre de ella y el padre de él no querían acceder a darles el consentimiento para que se casasen hasta que él concluyese su carrera, que por estudiarla a desabrimiento iba alargándose. Fingiría, pues, él, Ricardo, impaciencia y, a la vez, un reflorecimiento del primer amor, y le propondría la fuga. Ella, naturalmente, no lo habría de aceptar, lo rechazaría indignada, y él, entonces, dueño de un pretexto para poder echarle en cara que no le quería con verdadera pasión, con dejación de prejuicios y de encojimientos, podría liberarse. ¿Y si lo aceptaba? No, no era posible que aceptase la fuga Liduvina. Pero si la aceptaba... entonces... ¡mejor aún! Ese acto de desesperación, ese reto lanzado a la hipócrita conciencia de los esclavos todos del deber, haría resucitar el amor, si es que alguna vez lo tuvieron;

lo haría nacer, si es que nunca habitó en medio de ellos dos. Sí, acaso fuese lo mejor que aceptara; pero no, no podía ser, no lo aceptaría.

Veladamente, con alusiones remotas y reticencias, había ya insinuado Ricardo a Liduvina lo de la escapatoria. Y ella pareció no haberlo entendido, o se hizo la desentendida, cuando menos. ¿Qué sentía de ello? ¿Aprovecharía aquel asidero para recobrar su libertad de enamorarse de nuevo y de veras?

II

Se respiraba en el casón de Liduvina el aburrimiento de una oscura tristeza. Había en él rincones mohosos, siempre en sombra, y de aquel moho parecía desprenderse para henchir toda la casa un hálito de pesadumbre. Cuando el viejo reló de pesas sonaba arrastradamente las horas, diríase que la casa entera, bajo el peso de recuerdos de vacío, se quejaba. La madre de Liduvina arrastraba dos veces al día a un sillón desvencijado su pobre cuerpo tembloroso y decadente, y cruzaba de cuando en cuando por la penumbra de los corredores el ceño contraído de su otra hija. Las hermanas se hablaban muy poco. Tampoco hablaba mucho a su madre Liduvina, pero acariciábala con frecuencia con caricias que eran un antiguo hábito. Aquella pobre madre era como un pobre animal herido que vive en la penumbrosa bruma de un sueño de dolencias.

No recordaba la pobre Liduvina haber vivido no más que el huidero ensueño de aquel muñequín vivo, dos rientes ojos azules en medio de una corona de cabellos rubios. Entonces fue Ina, que es como su hermanito la llamaba; después Liduvina, y a lo sumo Lidu, más por ahorro de tiempo y esfuerzo —iaun siendo ellos tan chicos!— que por cariño. Su niñez se borraba detrás de una tétrica procesión de días todos iguales y todos grises. No había más luz que la de sus amoríos con Ricardo, y era luz de anochecer, moribunda, desde que brilló a sus ojos. Creyó en un principio, al declarársele Ricardo y aceptarlo ella por cortejo, que aquella tibieza de cariño era fuego incipiente, que aquella penumbra de afecto era luz de amanecer, de alba guiadora del sol; pero pronto vio que no había sino un rescoldo que se apagaba, un crepúsculo de tarde, portero de la noche. Sí; bien adivinaba y sentía ella que los amores duraderos y fuertes han de brotar como en el campo el amanecer, poco a poco, pero la vida de aquel su amor fue desde su nacimiento una agonía. Comparaba su amor al hermanito de los ojos azules y el cabello rubio.

¿Cómo lo aceptó? ¡Oh, vivía tan triste, tan sola! Empezó encontrando a Ricardo en la misa temprana del convento de las Ursulinas. Todas las mañanas se cruzaban sus miradas al salir a la calle. Alguna vez fue él quien le ofreció agua bendita, y un día fue a llevarle el rosario, que se había dejado olvidado en su reclinatorio. Y, por fin, una mañana, al salir de la misa y después de haberle ofrecido como otras veces el agua bendita de la persignación, le entregó una carta. Su mano temblaba al entregársela y sus mejillas se pusieron de grana.

Al día siguiente no fue Liduvina a la misa de costumbre; tenía que pensar la contestación a la carta. ¡Un novio! Le había salido un novio, como decían sus pocas y raras compañeras. ¡Y qué novio! ¿Le gustaba? Era, sin duda, devoto, acaso para novio en demasía; no mal parecido, de buena familia, de excelente conducta. Tendría, además, en qué entretenerse y un modo de matar la interminabilidad de sus días. Así no vería tanto el ceño de su hermana, así no tendría que sufrir el silencio de pobre animal herido de su madre ¿Y el amor? ¡Ah! El amor vendría, el amor llega siempre cuando se le quiere, cuando se ama al Amor y se le necesita. Pero pasaron días, semanas y aun meses, y no sentía las pisadas del amor sobre su pecho. ¿Cómo, pues, seguía con su novio? Por la esperanza, y esperando con una desesperanza resignada y dulce, que un día, por milagro y piedad del Dios de los tristes, naciese entre ellos el amor. Pero el amor no venía. ¿O es que le tenían en medio sin saberlo?

"¿Nos queremos? ¿No nos queremos? ¿Qué es quererse?". Tales eran las cavilaciones de Liduvina junto al silencio de su madre y al ceño de su hermana. Y seguía esperando.

Pronto comprendió y sintió la triste que Ricardo estaba ya aburrido de ella, que era el hábito, que eran las tapias del convento, el ciprés, los gorriones, las puestas de sol y no ella lo que a su lado le llevaba. Pero lo mismo que su novio sintió ella en sí más fuerte que el desengaño el pundonor y el orgullo de la constancia. No, no sería ella la primera en romper, aunque tuviese que morir de pena; que rompiese él. La fidelidad, la lealtad más bien, era su religión. No habría de ser la primera mujer que se sacrificase al sentimiento de la constancia. ¿No se había casado acaso su amiga Rosario con el primero a quien aceptó, no más que por no confundirse con las que cambian de novio como de sombrero? Los inconstantes, los infieles son los hombres; los hombres son los que no tienen el pundonor de la palabra de cariño, aun cuando este muera. Liduvina, en lo hondo de su corazón, despreciaba al hombre. Despreciaba al hombre esperándolo, esperando al hombre celestial de sus ensueños, al varón fuerte cuya fortaleza es todo dulzura, al que le arrastrase como arrastra el agua poderosa del océano, abrazando por entero.

Entendió muy bien a Ricardo cuando este, entre enrevesados ambajes, le insinuó la ocurrencia de la escapatoria; pero aunque le entendiera, hízose la desentendida. Y más que le entendió, pues comprendió su intención celada. Leyó en el alma de su novio. Y se dijo: "Que tenga valor, que deje de ser hombre, que me proponga clara y redondamente la fuga, y la aceptaré; la aceptaré y será cojido en el lazo en que pretende arteramente prenderme, y entonces veremos quién es aquí el valiente. Se revolverá al verse preso en la cadena con que quiere apresarme para huir de mí, e inventará mil excusas. Y entonces seré yo, yo, la pobre muchacha, la nena del casón, yo, la infeliz Liduvina, seré yo quien le dé lecciones de intrepidez de enamorados. ¡Y no lo aceptará, no! ¡El cobarde...! ¡El embustero...! Pero ¿y si lo acepta? Si lo acepta...". Al llegar a este punto de sus cavilaciones, Liduvina se estremecía, como solía estremecerse al tener que cruzar aquella vieja sala donde florecía en lo oscuro el moho de la casona materna.

"Si lo acepta —seguía pensando Liduvina—, empezará mi vida, se romperá esta niebla de sombras húmedas, no oiré ya al viejo reló de pesas, no oiré callar a mi madre, no veré el ceño de mi hermana. Si lo acepta, si nos fugamos, si toda esa gente estúpida descubre de una vez quién es Liduvina, la chica del callejón de las Ursulinas, entonces resucitará ese amor que bajó moribundo a nosotros. Si lo acepta, llegaremos a querernos al unirnos en un mismo atrevimiento; no, no, entonces veremos claro cómo hoy mismo nos queremos. Porque sí, sí, a pesar de todo, le quiero. Es ya una costumbre en mi vida, es una parte de esta mi existencia. Gracias a sus visitas vivo".

Y he aquí cómo él y ella coincidieron. Como que era el Amor, un mismo amor, el que les inspiraba.

III

Y fue como pensaron. Una tarde, al ir a ponerse el sol, Ricardo cobró coraje y, recostándose en la reja, después de haber soltado de ella las manos, dejó caer estas palabras:

—Mira, nena, esto va muy largo, y yo no sé cuándo voy a acabar la carrera, que cada vez me apesta más. Mi padre no quiere oír hablar de que esto se acabe como debe acabarse mientras yo no sea licenciado y, francamente —hubo un silencio—, esta situación es insostenible, así se nos gasta la ilusión...

—A ti —dijo ella.

—No, a los dos, Lidu, a los dos. Y yo no veo más que un medio...

—El que rompamos…

—¡Eso, nunca, nena, nunca! ¿Cómo se te ha podido ocurrir tal cosa? Es que tú…

—No, yo, no, Ricardo; era que leía tu pensamiento…

—Pues leíste mal, muy mal… Ahora, si es que tú…

—¿Yo, Ricardo, yo? ¡Yo, contigo, adonde quieras y hasta donde quieras!

—¿Sabes lo que dices, nena?

—¡Sí, sé lo que me digo, porque lo he pensado muy bien antes de decirlo!

—¿De veras, sí?

—¡Sí, de veras!

—¿Y si te propusiese…?

—¡Lo que me propongas!

—¡Qué resuelta, Liduvina!

—Es que tú no me conoces, a pesar de las horas que pasamos juntos…

—Puede ser…

—No, no me conoces. Di, pues, eso a que quieres darle tanta importancia. ¿Qué es ello? ¿Qué vas a proponerme con tanta preparación?

—¡Fugarnos!

—¡Pues me fugaría!

—¡Mira lo que dices, Liduvina!

—¡No, quien tiene que mirarlo eres tú!

—¡Escaparnos, Liduvina, escaparnos!

—Sí, Ricardo, te entiendo; salir cada uno de nosotros de nuestra propia casa e irnos por ahí, no sé adónde, los dos solos... a... a dar cuerda al amor.

—¿Y tú?

—Yo, Ricardo, cuando tú lo digas.

Se siguió un silencio. Acostábase el sol entre sábanas de grana; el ciprés, más ennegrecido aún, parecía una advertencia; las campanas de la Colegiata dejaron caer el Angelus. Liduvina se persignó como todos los días a aquella hora y palpitaron sus labios. Tenía cojidas sendas rejas entre sus manos, y las apretaba mientras su seno palpitaba contra los hierros. Ricardo miró al suelo y susurró en su interior: "Ve y predica la buena nueva a los pueblos todos".

Fue penoso el reanudar del coloquio. Ricardo parecía haber olvidado lo último que dijera, y ella no se lo recordaba tampoco. Algo fatal pesaba sobre ellos. La despedida fue triste.

Y pasaron días, sin que él volviese a mentar lo de la fuga, hasta que llegó uno en que ella, después de un silencio, le dijo:

—Y bien, Ricardo, ¿de aquello, qué?

—¿De qué, Liduvina?

—De aquello. ¿Qué, no te acuerdas ya?

—Como no hables más claro...

—Eres tú, Ricardo, tú, el que tiene que pensar y recordar más claro...

—No te entiendo, nena.

—Y bien que me entiendes...

—Vamos, ¿qué? ¡Acaba!

—Sea. ¡Lo de la fuga!

—¡Ah! Pero ¿lo tomaste en serio?

—¿Entonces es que tú, Ricardo, tú tomas en broma nuestro amor?

—El amor es una cosa...

—Sí, y la cobardía, el miedo al qué dirán, otra. ¡Al fin hombre!

—¡Ah, si es por eso!...

—¿Qué?

—¡Cuando quieras!

—¿Yo? ¡Ahora mismo! Así como así me pesa ya esta casa.

—¡Ah! ¿Es por eso?

—No, es por ti; por ti, Ricardo.

Y luego, recapacitando, añadió:

—Y por mí... ¡Y por nuestro amor! No podemos seguir de esta manera.

Cambiaron una mirada de profunda comprensión mutua. Y desde aquel día empezaron a concertar la fuga.

Y este concierto, esta trama para una aventura romántica y con su prestigio de pecaminosa, les animaba las tardes y parecía dar aliento y alas a su amor. Permitíales, además, despreciar a las otras parejas de novios, pobres doctrinos de la rutina amorosa, que no habían caído en la cuenta de la misteriosa virtud reparadora de una fuga, de un rapto de común acuerdo.

Ricardo sentíase vencido y aun humillado. Aquella mujer había sido más fuerte que él. Le cobró admiración, tal vez a costa del cariño. Así, por lo menos, creía él.

Por fin, una mañana, Liduvina pretextó tener que salir a ver a una amiga, y acompañada de la doncella salió llevando un pequeño hato de ropa en la mano. A los no muchos pasos de haber salido, encontraron un coche parado, que dejaron atrás. Pero de pronto, Liduvina, volviéndose a la criada, le dijo: "Espera un poco; me olvidé una cosa, vengo en seguida". Volviose, entró en el coche y este partió. Cuando la doncella, harta de esperar, se volvió a casa por su señorita, se encontró con que no había vuelto.

El coche fue, a toda marcha, a la estación de un pueblecillo próximo. En el trayecto, Ricardo y Liduvina, cojidos de las manos, callaban, mirando al campo.

Montaron en el tren, y este partió.

IV

La línea seguía las riberas del río, que preso en una hoz iba a rendir al mar sus casi siempre amarillas aguas. A un lado y otro se alzaban en arribes tierras de viñedo, o almendros, olivos, pinos y, a trechos, naranjos y limoneros. Los salientes de los escarpes formaban a la vista, según los rodeos del río, ensambles en cola de milano. A espacios, en las presas que se le habían hecho al río, pequeños y miserables molinos de la más antigua calaña: una tosca piedra molar cubierta por una choza de ramaje. Bajaban el río, a la vela, grandes barcas cargadas de toneles, o le remontaban, impelidas por largos bicheros que manejaba un hombre desde una especie de púlpito.

Ricardo y Liduvina, acurrucados en una esquina del vagón, miraban vagamente a las quintas sembradas por los arribes del río, entre la verdura, y oían una conversación en lengua extranjera de que apenas si cazaban el sentido de alguna que otra palabra. En una estación, al ver que se vendía naranjas, antojáronsele a ella. Necesitaba refrescar los resecos labios, distraer manos y boca en algo. Mondole Ricardo una de las naranjas y se la dio mondada; Liduvina la partió por la mitad y alargó una de ellas a Ricardo. Después mordió medio gajo, miró a los compañeros de coche y, al verlos distraídos, dio a su novio el otro medio.

En otra estación comieron; una comida triste. Liduvina, que de ordinario no bebía sino agua, tomó un vaso de vino. Y repitió el café. Ricardo fingía una serenidad que le faltaba. ¡Oh, si hubieran podido volverse, deshacer lo hecho! Pero no; el tren, imagen del destino, les llevaba a él encarrilados. En cualquier lado que se quedasen tenían que esperar al otro día para la vuelta.

—¡Gracias a Dios! —exclamó ella cuando hubieron llegado a la estación de su destino.

Llegaron al hotel, pidieron cuarto y encerráronse entre sus tristes paredes.

A la mañana siguiente se levantaron mucho más temprano que habían pensado la víspera. Parecía abrumarles una enorme pesadumbre fatal; en sus ojos flotaba la sombra del supremo desencanto. Los besos eran inútiles llamadas. Creían haber sacrificado el amor a un sentimiento menos puro. Ricardo rumiaba el "Id y predicad la buena nueva"; por la mente de Liduvina cruzaban el silencio de su madre, el ceño de su hermana y, sobre todo, el ciprés del convento. Echaba de menos la tristeza penumbrosa que hasta entonces la había envuelto. ¿Era aquello, era aquello el amor?

Era un sentimiento de estupor el que les embargaba. Cuando creían que con aquella resolución románticamente heroica habíanse de encontrar en una cima soleada, toda luz y aire libres, encontrábanse al pie de una fragosa y escarpada cuesta. Aquello no era ni aun la cumbre de un calvario, era el arranque de una vía de la amargura. Ahora,

ahora era cuando, en vez de acabar, empezaba el sendero, sembrado de abrojos y zarzales, de su pasión. Aquella noche era la coronación de las otras noches plácidas y melancólicas de la reja, era el comienzo de una vida. Y así les pesaba, como pesa el comienzo de la ascensión a una montaña cuya cresta se pierde entre las nubes.

Sentíanse, además, avergonzados, sin saber de qué. El desayuno fue de inquietud. Ella apenas quiso probar nada. Le mandó a él que saliese del cuarto para vestirse sin que la viera. Y se lavó, jabonó y fregoteó la cara con verdadero frenesí, casi hasta hacerse sangre.

—¿Qué, acabaste? —preguntó él desde afuera.

—No; espera aún un poco.

Se arrodilló junto a la cama y rezó un instante como nunca había rezado, pero sin palabras. Se entregó en brazos de la Providencia. Después abrió la puerta a su novio. ¿Novio? ¿Cómo le llamaría en adelante?

Salieron de bracete, sin rumbo, a callejear.

El corazón de ella palpitaba contra el brazo derecho de él, que se atusaba nerviosamente las guías del bigote. Miraban a todos con recelo, por si topaban con alguna cara conocida. Caminaban de sobresalto en sobresalto; pero todo menos volver todavía al hotel. ¡No, no! Aquel cuarto frío, de muebles desconchados, de estuco lleno de grietas, aquel cuarto donde cada noche dormía un desconocido diferente, les repelía. Su único consuelo era verse envueltos en los ecos mimosos de una lengua casi extranjera. Alguna mujer del pueblo, de aire agitanado, de andares lánguidos, que se les cruzaba en el camino arrastrando sus chancletas o descalza, les miraba con una cierta curiosidad soñolienta. Otras veces era un carro con unos bueyecitos rubios bajo un gran yugo de alcornoque, lleno de talla, que recordaba los de la portada de la Colegiata de su ciudad.

Sentían ganas de un supremo desahogo del sentimiento; pero en ciudad ajena, ¿dónde desahogar el corazón? ¿Qué hay en ella que nos pueda ser hogar? Al pasar junto a una iglesia, sintió Ricardo en su brazo que el seno palpitante de Liduvina le empujaba. Entraron.

Tomó ella agua bendita con las yemas del índice y el corazón de su mano derecha, y se la dio a él, mirándole con turbios ojos a los ojos turbios. Quedáronse cerca de la puerta: él sentado en un banco, contra la pared, en lo oscuro, y ella se arrodilló delante de él, apoyó los codos en el banco de delante y acostó la cara en las palmas de las manos. En el templo no había sino una pobre mujer, casi anciana, con un pañuelo echado sobre la cabeza, que recorría de rodillas el vía crucis. Adelantando alternativamente las rodillas bajo un vientre enorme, que le temblaba, iba, con su rosario en la mano, dando la vuelta al templo, de altar en altar. En el mayor se alzaban en gradería de pirámide las luces del Santísimo. El silencio casaba con la sombra.

De pronto, sintió Ricardo los sollozos contenidos de Liduvina; la oyó llorar. Y a él se le rompió también la represa del llanto. Arrodillose junto a su novia, y así, tocándose, lloraron en común la muerte de la ilusión.

Cuando salieron a la calle parecía todo más sereno, a la vez que más triste.

—Lo que hemos hecho, Liduvina... —se atrevió a empezar él.

Y ella continuó:

—Sí, Ricardo, nos hemos equivocado...

—Es que esto no tiene ya remedio...

—¡Al contrario, hombre! Ahora es cuando le tiene, ahora todo está claro.

—Tienes razón.

—Lo malo es que...

—¿Qué, nena mía?

—Que al pueblo no podemos volver. ¿Con qué cara me presento yo a mi madre y a mi hermana? ¿Y cómo vamos a salir allí a la calle?

—Pues tú fuiste, tú, Liduvina, la que más quería afrontar el qué dirán de las gentes...

—El qué dirán, sí; pero no es lo peor lo que digan; eso me importa poco...

—¿Pues qué?

—¡El que se reirán, Ricardo!

—¡Es verdad!

Una vez en el hotel mezclaron sus lágrimas. Fingió él tener que salir a una diligencia, a cambiar dinero; mas fue para darle a ella ocasión y tiempo, tomándoselos él por su parte, de escribir a sus casas.

Y al otro día emprendían el regreso. Ella se quedaría en un pueblecito donde moraba una tía, hermana de su padre, pues por nada del mundo afrontaría de nuevo el silencio de su madre y el ceño de su hermana; él bajaríase en la estación próxima a la ciudad, para entrar, de noche ya y por caminos excusados, en casa de su padre.

Tristísimo fue el regreso. Los mismos viñedos, los mismos pinares, olivares, naranjales, los mismos molinos y las barcas mismas. Al llegar a la frontera, parecía como si las montañas de la patria les abriesen maternalmente los brazos para recibirlos. Eran los hijos pródigos; pero pródigos... ¿de qué? Escondíanse en el coche por si entraba algún conocido y les reconocía. El sentimiento de la vergüenza y, lo que es aún peor, el del ridículo, les embarazaba. Porque aquello había sido ridículo, completamente ridículo; una chiquillada que no se perdonaban.

Al llegar a la estación del pueblecillo en que moraba la tía de Liduvina, viola esta que le esperaba. Estrechó convulsivamente la mano de Ricardo. "Te escribiré, querido" —le dijo, y salió. Él se acurrucó más aún en su asiento para no ser visto.

—¡Vamos, mujer, vamos; parece mentira! —le dijo a Liduvina su tía, y la encerró cuanto antes pudo en un coche, que partió al instante.

Y una vez solas en el coche las dos, se limitó a decirle su tía:

—¡Francamente, no te creía tan chiquilla! Si hubiera vivido tu padre, mi hermano, de seguro que no habría ocurrido esto. Pero allí... con aquellas... ¡Vaya, chiquilla, vaya!

Liduvina callaba, mirando al cielo.

Ricardo se quedó mirando cómo el coche se perdía tras la cuchilla de una loma, sobre la que asomaba la espadaña de la iglesia del lugarejo.

Llegó él a la estación anterior a la ciudad, y a la caída de la tarde emprendió a pie la vuelta a casa. El sol se ponía tras la torre de la Colegiata, en un cielo limpio de nubes. Las campanas lanzaron la oración; descubriose Ricardo y rezó, repitiendo

hasta tres veces el "y nos dejes caer en la tenta-
ción". Y después, al concluir el "ahora y en la hora
de nuestra muerte, amén", añadió: "Id y predicad
la buena nueva por los pueblos todos".

—¡Majadero!

Esto fue lo único que le dijo su padre cuando,
anochecido ya, le vio entrar en casa, furtivamente.

V

Pasaron días; Ricardo y Liduvina esperaban las consecuencias de su aventura. Y pasaron meses. Al principio se cruzaron algunas cartas de forzadas ternezas, de recriminaciones, de quejas. Las de ella eran más recias, más concluyentes.

"No tienes que explicarme, Ricardo mío, lo que te pasa, porque lo adivino. No me engaña tu retórica. Tú, en rigor, no me quieres ya; creo que nunca me has querido, por lo menos no como yo te quería y aún te quiero, y buscas medio de deshacerte del que crees es un compromiso de honor más que de cariño. Pero, mira, déjate de eso del honor, que a tal respecto estoy, aunque te parezca mentira, muy tranquila. Si no ha de ser para quererme, para quererme como yo te quiero, con toda mi alma y todo mi cuerpo, no te cases conmigo, aun habiendo pasado lo que pasó. No quiero sacrificios de esa clase. Sigue tu vocación, que yo ya veré lo que he de hacer. Pero desde ahora te juro que o he de ser tuya o de nadie. Aunque hubiese alguno tan bueno o tan tonto como para solicitarme después de lo ocurrido, de aquella chiquillada, le rechazaría, fuese el que fuese. Piensa bien lo que has de hacer".

El alma de Ricardo era, en tanto, un lago en tormenta. No dormía, no descansaba, no vivía. Volvió a sus lecturas de mística y de ascética, a sus estudios de apologética católica. Redobló y aumentó sus devociones, y dio en algunas supersticiones. Otras veces antojábasele que, al dar la última campanada de las seis, al llegar al crucero que hacían dos calles, se moriría de repente.

Preocupábale el problema de su destino. Todo aquel largo cortejo de amorío, aquella escapada ridícula, había sido obra del demonio para estorbar el cumplimiento del destino que Dios mismo, por el azar del Evangelio abierto, le había prescrito. Pero ¿y Liduvina? ¿No había ya otro destino ligado al suyo? ¿No estaban ya sus dos vidas indisolublemente unidas? ¿Y no está escrito que no desate el hombre lo que Dios mismo atara? Pero... ¿no había acaso otras almas ligadas *ab aeterno* con la suya, otras almas cuya salud suprema dependía de que él fuese a predicar por los pueblos la buena nueva? ¿O es que no podía predicarla llevándose consigo a ella, a Liduvina? ¿Es que el mandamiento implicaba necesariamente que renunciase a reparar lo que debía por ley de honor ser reparado? Por otra parte, casarse sin cariño... Aunque este dicen que baja luego; el trato, la convivencia, la necesidad, el querer quererse... Pero ¡no, no! La experiencia de aquellos dos días, en la ciudad casi extranjera, bastaba. Y Ricardo creía ver a la pobre anciana de enorme vientre tembloroso que recorría de rodillas el vía crucis. Y el destino de ella, de Liduvina, ¿no quedaría de todos modos ligado al suyo? ¿No fue aquella fuga, que preparó el demonio, aprovechada por Dios para mostrar a uno y otro, a él y a ella, cuáles eran sus sendos verdaderos destinos?

Lo que menos podía soportar Ricardo era la actitud que su padre adoptó para con él después de la aventura.

—¡Majadero! ¡Más que majadero! —le decía—. Me has puesto en ridículo; sí, en ridículo. Y te has puesto en ridículo tú. ¿Tenías más que haberme dicho lo que pensabais? Ahora creerán que soy yo un padre tirano, que contrariaba los amores de mi hijo... ¡Majadero, más que majadero! ¿Que no la dejaba su madre? ¿Tenías más que haberla depositado? Me has puesto en ridículo y os habéis puesto en él.

Y, en efecto, tanto sentía Ricardo que aquella fuga habíale puesto en ridículo, que acabó por ausentarse de su ciudad natal, a otra lejana, a casa de unos tíos. Y en esta ciudad, una ciudad murada, donde el alma tenía que crecer hacia el cielo, se hundió más y más en su misticismo. Las horas se le pasaban en el soto de piedra del misterioso ábside de la catedral.

Y allí se soñaba apóstol, profeta de una nueva edad de fe y de heroísmos; otro Pablo, otro Agustín, otro Bernardo, otro Vicente, arrastrando tras de sí a las muchedumbres sedientas de adoración y de consuelo, muchedumbres de hombres y de mujeres, y entre estas a Liduvina. Se soñaba en los altares, y leía de antemano la piadosa leyenda que de su vida escribiría algún estático varón y el papel que en ella había de hacer su Liduvina.

La correspondencia con ella proseguía, solo que ahora las cartas de Ricardo eran más sermones que misivas de amor o de remordimiento.

"Mira, Ricardo mío, no me prediques tanto —le contestaba ella—; no soy tan tonta que necesite de tantas y tan revueltas palabras para entender qué es lo que quieres. Por centésima vez te diré que no quiero ser estorbo al cumplimiento del que crees ser tu destino. Yo, por mi parte, sé ya lo que hacer en cada caso, y te diré una vez más que o tuya o de ningún otro hombre".

Terribles desgarrones del alma le costó a Ricardo escribir a Liduvina la carta de despedida; pero creyendo hacerse fuerte y sobreponerse a sí mismo, una mañana, después de haberse devotamente comulgado, se la escribió. Y fue luego tan cobarde, tan vil, que no atreviéndose a leer la contestación de ella, la quemó sin abrirla. Ante las cenizas le palpitaba furiosamente el corazón. Quería restaurar la carta quemada, leer las quejas de la esposa: la esposa, sí, este era el nombre verdadero; de la esposa sacrificada. Pero estaba hecho; había quemado las naves. Ya aquello, gracias a Dios, no tenía remedio. Y así era mejor, mucho mejor para ambos. Entre ellos subsistiría siempre, aun cuando no se viesen, aun cuando no volviesen a cruzarse ni la mirada, ni la palabra, ni el escrito, aun cuando no volvieran a saber el uno del otro, un matrimonio espiritual. Ella sería la Beatriz de su apostolado.

Cayó de rodillas, y a solas, en su cuarto, mojó con sus lágrimas el Evangelio del agüero.

VI

La vida del novicio Fray Ricardo llegó a espantar al maestro de ellos; tan excesiva era. Entregábase con un ardor insano a la oración, a la penitencia, al recojimiento y, sobre todo, al estudio. No, no era natural aquello; parecía más obra de desesperación diabólica que no de dulce confianza en la gracia de Dios y en los méritos de su Hijo humanado. Diríase que buscaba ansiosamente sugerirse una vocación que no sentía, o arrancar algo de manos del Todopoderoso. El cielo padece fuerza, dicen las Escrituras; pero las violencias de Fray Ricardo no llevaban sello de unción evangélica.

Las penitencias eran para rescatar su aventura de amor profano. Decíase que un matrimonio en que se entra por el pecado nunca puede ser fecundo en bienes espirituales. Rezaba por Liduvina y por su destino, que creía indisolublemente ligado al suyo. Sin aquella fuga providencial tal vez se hubiesen casado, marrando así uno y otro el sino que les estaba divinamente prescrito.

Sus oraciones eran oraciones de inquietud y de turbulencia. Pedía a Dios sosiego, le pedía vocación, le pedía también fe.

Leía el Kempis, los Santos Padres, los místicos, los apologetas y, sobre todo, las *Confesiones* de San Agustín. Creíase un nuevo Agustín, habiendo pasado, como el africano, por experiencias de pasión carnal y del terrestre amor humano.

Sus hermanos, los demás novicios, le miraban con un cierto recelo y también con envidia, con esa triste envidia que es la plaga oculta de los conventos. Parecíales que Fray Ricardo buscaba singularizarse, y que en su interior los menospreciaba. Lo cual era cierto. Tenía que violentarse para soportar la cándida simplicidad, la satisfecha ramplonería de sus compañeros de noviciado, la incomprensión y la tosquedad de no pocos de ellos. Y huía de los mejores, de los más ingenuos y sencillos, hallándolos tontos. Los maliciosos le entretenían más. Dolíale el observar que los más de ellos no sabían bien por qué habían entrado en el claustro; los metieron allí sus padres, cuando eran unos pequeñuelos, para deshacerse de ellos y no tener que darles oficio y estado; otros empezaron por monacillos o fámulos; a otros les arrastró una oscura visión poética de la primera y vaga adolescencia: casi ninguno conocía el mundo, del que hablaban como de algo lejano y misterioso. Le hacía sonreír de conmiseración a su simplicidad al oírles discurrir de los peligros de la carne y del pecado de su concupiscencia. Tenían por diabólico lo que él, Fray Ricardo, creía saber bien que no es sino tonto. No habían gustado la vacuidad del amor mundano.

Como entre los novicios corría el rumor confuso de la aventura que a Fray Ricardo le llevó al convento, hacíanle veladas alusiones a ello, y cuando él, con su más altanera sonrisa, les daba a entender que no se debe exagerar el poderío del demonio, el mundo y la carne, le contestaban:

—Claro, usted tiene más experiencia de ellos que nosotros...

Lo que halagaba su vanidad. Pero las alusiones más directas a sus amores y su fuga con Liduvina le irritaban. Creía que ni las altas tapias del convento ni la simplicidad de sus hermanos de claustro eran barreras bastantes contra el ridículo en que en su ciudad natal se sintió envuelto.

Al maestro de novicios no acababan de convencerle los ardores de Fray Ricardo. Hablando con el Padre Prior, le decía:

—Créame, padre, no acabo de ver claro en este Fray Ricardo. Entró demasiado hecho y con malos resabios. Siempre oculta algo, no es de los que se entregan. Trata de singularizarse; se cree superior a los demás y desdeña a sus compañeros. Le molesta más la simplicidad virtuosa que el ingenio maligno. Ha llegado a confesarme que cree a los tontos peores que los malos. Le entusiasman los santos más singulares y más rigurosos, pero no creo que sea para imitarlos. Es más bien, me parece, por literatura. La vida de nuestro hermano el Beato Enrique Susón hace sus delicias; pero me temo que no es sino para convertirla en materia oratoria...

—¡En materia oratoria la vida de Susón...! — exclamó el Padre Prior, que pasaba por un gran orador en la orden de ellos.

—Sí, nuestro Fray Ricardo se siente orador, y su vocación no es sino vocación oratoria. Y de oratoria sagrada, que es la que estima más apropiada a la índole de sus talentos. Sueña con los tiempos oratorios de un Savonarola, de un Montsabré, de un Lacordaire... ¿Quién sabe? Acaso más. Esa revelación evangélica que cuenta haber tenido, la del "Id y predicad la buena nueva", le atrae, no por la buena nueva, ni por el Evangelio mismo, sino por la predicación...

—¡Padre Pedro! ¡Padre Pedro! —exclamó el Padre Prior, reconventivamente.

—¡Ay, Padre Luis! Mire que soy perro viejo en mi oficio... Que han pasado ya muchos novicios por mí... Que tuve siempre cierta afición, acaso excesiva, a estos estudios psicológicos...

—¡Hum! ¡Hum! Esto me huele a...

—Sí, lo entiendo, Padre Prior; pero, créame, algo sé de vocaciones. Y la de este mozo, Dios quiera que me engañe, pero me parece que no es vocación de religioso, sino de predicador. Y acaso de algo más...

—¿Cómo, cómo? Padre Maestro, ¿qué es eso? ¿Qué quiere decir?

—¡Vocación... vamos... de obispo!

—¿Lo cree usted?

—¡Que si lo creo! Este mozo es en el fondo egoísta. Acaso hizo lo que hizo con... pues... con la pobre muchacha aquella a la que engañó, acaso eso no fue sino egoísmo. Después de aquel desengaño, o lo que fuese, se nos vino acá un poco por romanticismo y otro poco por deseo de lucirse...

—¡Lucirse de fraile! —exclamó el Padre Prior, soltando la más franca de las risas, que hizo ver su hermosa dentadura—. ¡Lucirse de fraile! ¡Alabado sea Dios! ¡Qué cosas se le ocurren, Padre Pedro!

—Sí, lucirse de fraile he dicho, y no me retracto. Usted, Padre Luis, y yo no nos lucimos, pero en los tiempos que corren, y para caracteres como el de nuestro novicio Fray Ricardo, el hacerse fraile es algo así como un desafío al mundo y como una de las más románticas singularidades. Además, la ambición...

—¡Ambición!

—¡Ambición, sí! Hay puestos, hay honores, hay glorias que desde aquí, desde el convento, mejor que desde otro sitio cualquiera, se alcanzan. Y yo creo que este mozo tiene puesta su mira muy alto... No hablemos de esto. Y luego no será el primero a quien la vocación teatral, obrando sobre ciertos desengaños y sobre un fondo de religiosidad, no lo niego, ¿cómo he de negarlo?, le haya llevado al claustro. Recuerde usted, Padre, a aquel Fray Rodrigo, el carmelita, que tanto se distinguía como actor en los teatros caseros de la aristocracia, y que en vez de irse a las tablas se fue a un convento…

—Sí, y ahora, fuera ya del convento, anda inventando una religión nueva, con hábito…

—¡Siempre cómico! Y este, nuestro Fray Ricardo, lleva también un comediante dentro. Solo que espera acabar haciendo papel de protagonista, con una mitra, o quién sabe; acaso suben más sus sueños…

—¿Qué, qué? Diga, Padre, diga.

—¡Nada, no, nada! Esto me parece que es ya murmurar.

—Hace tiempo que me viene pareciendo eso.

—Pero, en fin, Padre Prior, yo creo de mi deber darle estos informes. Este mozo cree que nuestro traje viste mucho. Y hasta sospecho que se tiene por guapo y quiere lucirse, con el hábito blanco, desde el pulpito.

—¡Qué malicioso es usted, Padre Pedro…!

—Perro viejo, Padre Prior, perro viejo…

"Y que no llegará ya a obispo", pensó entre sí el Padre Prior, que se había también despedido de tal esperanza.

VII

¡Si hubiese oído la pobre Liduvina este coloquio entre el Padre Prior y el Padre Maestro de novicios!

Pero Liduvina, que había esperado a su Ricardo, cuando este entró en el claustro, ella también, con los ojos secos y el corazón desolado, fue a enterrarse en un convento. Pensó hacerlo en una orden de enseñanza para inculcar sutilmente en las educandas el asco y el desprecio que hacia el hombre, egoísta y cobarde, sentía. Mas ¿para qué exponerse así a que se le mostrase el corazón al desnudo? ¿Para qué ir a exacerbar sus dolores dándoles pábulo de venganza? No; era mejor profesar en una orden contemplativa, de recojimiento, silencio, penitencia y oración; en un monasterio, a cuyas puertas se rompieran los ecos del mundo de fuera. Allí se enterraría en vida, a esperar a la muerte, a la justicia eterna y al amor que sacia.

Fuese a la lejana y escondida villa de Tolviedra, colgada en un repliegue de la brava serranía, y se encerró entre las cuatro paredes de un viejo convento que antaño fue de Benedictinas.

En la huerta había un ciprés, hermano del de las Ursulinas de su ciudad natal, del ciprés de sus mocedades. Y sentada al pie del árbol negro contemplaba los encendidos arreboles del ocaso, recordadizos de otros. Recreábase extrañadamente en aquella triste huerta, su compañera de silencio, la mayor parte de hortaliza, con solo raras flores mustias, que ella sola regaba; aquella huerta triste, prisionera entre altos muros, jirón de naturaleza enclaustrado también. Desde allí no se veía del resto del mundo más que el cielo; el cielo, que no sufre tapiales ni cancelas. Por su azul cruzaban mansamente las nubes con frecuencia, regalándole su sombra; otras veces, alguna paloma que iba aleteando blancamente en busca de la tibieza del nido. Cuando llovía de un mismo dulce manto negro, rendíase el agua a la tierra de afuera y a la de dentro del convento. Por las noches derramaba en las estrellas la mirada de sus ojos negros o contemplaba a la media luna que, como una navecilla, parecía bogar a toda marcha entre las nubes. A días, colábanse rumores de turbas que pasaban junto a los muros, guitarras, bandurrias y cantos de romería, y un anochecer, apoyada a la tapia, sorprendió su oído, a través de ella, desliz de besos y revoloteo de suspiros rotos. Y ante estos ecos de fuera, soñaba recordando a la anciana de tembloroso vientre que recorría, de rodillas y rosario en mano, el vía crucis, en el solitario templo de las lágrimas, y aquel viaje en tren, a lo largo del río de aguas amarillas por la tormenta, entre pinos, olivos y naranjos. Aparecíasele la ciudad del pecado. ¿Del pecado? Pero ¿fue pecado, fue realmente pecado aquello? ¿Es eso el pecado que con tales colores de atracción se nos pinta? Oh, el pecado es la curiosidad, sin duda, no más que la curiosidad. Por curiosidad, por ansia de conocer, pecó Eva. ¡Y por curiosidad siguen pecando sus hijas!

¿Había sido mejor o había sido peor que Ricardo la sacrificase así? No quería saberlo. El hombre es egoísta siempre. Lo que más le dolía era la extraña sonrisa de su hermana, aquella sonrisa que le desarrugó el ceño cuando se despidió de ella a la puerta del convento diciéndole: "¡Y ahora, que seas feliz!". ¡Qué lodazal el mundo!

Y allí dentro volvió a encontrarlo; el convento era un mundo en pequeño. La ociosidad, la falta de afecciones de familia, la monotonía de la existencia, exacerbaba ciertas pasiones. Aquella triste paz de los claustros estaba henchida de pequeñas pasiones y recelos, de amistades hostiles.

Una vez al año pasaba por la calle a que daban las rejas del convento una procesión de niños, y en ese día, las hermanas y las madres —¿madres? ¡pobrecillas!— se asomaban a la reja a verlos pasar, a echarles flores deshojadas, que fingían ir al santo. De seguro que si les anuncian que iba a entrar en la ciudad Don Juan Tenorio redivivo, no se inquietan tanto en ir a verlo.

Tenía cada una en su celda su niñito Jesús, un lindo muñeco al que vestía y desnudaba y adornaba. Poníanle flores, le besaban, sobre todo a hurtadillas; alguna lo brezaba sobre sus rodillas como a un niño de verdad. Rodeábanles de flores. Una vez que un fotógrafo entró, con permiso del obispo, a sacar la vista de un arco románico que daba sobre el jardín, acudieron las monjas, cada una con su niño Jesús, para que les sacase el retrato.

—¡Quítate ahí —decía una a otra—; el mío es más lindo, mira qué ojos tiene!

Liduvina miraba en silencio y con el corazón oprimido aquella rivalidad ingenua de madres marradas. ¡Y ella que pudo tener un hijo, pero un hijo verdadero, un hijo vivo, un hijo de carne! ¡Oh!, ¿por qué, por qué fue estéril aquella escapatoria? Así, estéril como fue, resultaba ridícula; tenía razón Ricardo. ¡Pero si hubiese florecido, no! Si hubiese fructificado en un niño, en un hijo del amor. Entonces —pensaba Liduvina—, el amor habría renacido, ino!, se hubiese mostrado; porque ellos se querían, sí, se querían, aunque el egoísmo, la vanidad de Ricardo se empeñase en no reconocerlo. Si hubiesen tenido un hijo, Ricardo no la habría sacrificado a aquella vocación. Vocación, ¿de qué? ¡Ah, si la pobre Liduvina hubiese oído al Padre Maestro de novicios!

Y pasaba por su mente la visión radiosa de aquel hermanito de rientes ojos azules, en medio de la corona de cabellos de oro. Y se oía llamar de allá, de muy lejos, de las lontananzas íntimas de sus recuerdos de mocedad primera: ¡Ina! ¡Ina! ¡Ina! ¡Qué pronto se fue Ina con aquel ensueño fugitivo de madrugada! ¡Qué pronto se fue también la nena de Ricardo! Gracias a Dios que acabaría de irse del todo también pronto. ¿Adónde? A un mundo sin tanto lodo y tanta falsía, sin silencio de madre, sin ceño de hermana, sin egoísmo de novio, sin envidias de compañeras.

Más de una vez, tendida la pobre hermana Liduvina al pie de una imagen de la Virgen

Madre, le decía: "¡Madre, madre! ¿Por qué no conseguiste del Padre de tu Hijo, de Nuestro Señor Todopoderoso, que mi Ricardo me hubiese hecho madre? ¡Pero no, no... perdóname!". Y se anegaba en lágrimas, queriendo resignarse al ya irrevocable destierro del convento.

En él nutría su tristeza, aquella incurable tristeza que le acompañaría hasta el borde mismo de la tumba. Y heríale por eso profundamente la infantil alegría de sus hermanas de claustro, que por haber leído en libros místicos que el verdadero santo es alegre, fingían un regocijo ruidoso y pueril de risotadas y palmoteos. Era durante las fiestas de Navidad, las del Dios Niño, cuando esta boba alegría, casi de precepto, se daba más libre curso. Era entonces, en la huerta, bailes, entre risas locas y repiqueteo de panderetas.

—Vamos, Hermana Liduvina, ¿no baila?

Y ella respondía:

—No, soy muy débil de piernas.

Respetaban su tristeza, adivinando, si es que no sabiendo algo, de su origen.

Y seguían su jolgorio, exclamando alguna de vez en cuando: "¡Ay, Jesús mío bendito! ¡Qué contenta vivo!". Y a esto llamaban vivir alegre, con la alegría de la santidad.

Y así se le iban los días, todos iguales y todos grises. No olvidaba rezar por Ricardo, para que Dios le iluminase y le perdonase.

VIII

La fama de Fray Ricardo como predicador se extendía ya por la nación toda. Decíase que había renovado los tiempos de oro de la oratoria sagrada española. Era la suya, a la vez que recojida, caliente. El gesto sobrio, la entonación pausada, la exposición metódica y clara, pero por dentro un caudal de fuego contenido. Su unción era una unción inquietadora.

Algunos de los que le oían razonar le achacaban falta de pasión, porque hay majaderos que no saben que nada hay más razonador que la pasión misma. Sus antítesis y paradojas parecían a otros frutos de ingenio, sin advertir que como en San Agustín el Africano, eran en Fray Ricardo las antítesis y paradojas diamantes, duros y secos, forjados en fragua de abrasadoras pasiones. Como de ordinario sus sermones eran libres de hojarasca, le llamaban frío, confundiendo la frialdad con la sequedad. Y es que la oratoria de Fray Ricardo era seca y ardiente como las arenas del desierto espiritual que su alma, encendida de ambición y de remordimiento, atravesaba.

A las veces resultaba oscuro, oscuro para los demás y oscuro para sí mismo. Era que andaba buscando sus ideas.

Y hablaba, no a las muchedumbres que le oían, sino a cada uno de los que formaban parte de ellas; hablaba de alma a alma.

Pero había en su oratoria algo de informe, algo de caótico y algo de fragmentario. Y nada, absolutamente nada de abogacía en ella. Pocos, muy pocos silogismos; parábolas, metáforas y paradojas como en el Evangelio, y transiciones bruscas, verdaderos saltos.

—El caso es que sin ser propiamente un orador embelesa —decía algún pedante.

Solía hablar de los problemas llamados del día, de la decadencia de la fe, de la lucha entre esta y la razón, entre la religión y la ciencia, de cuestiones sociales, del egoísmo de pobres y de ricos, de la falta de caridad y, sobre todo, de ultratumba. Cuando hablaba del amor parecía trasfigurarse.

Indicábasele ya para obispo. Pero, a pesar de su fama toda, a pesar de que su conducta era intachable, algo extraño pesaba sobre él. No acababa de hacerse simpático a los que le trataban, no acababa de ganarse el corazón de las muchedumbres que le oían embelesadas.

Las mujeres, sobre todo, sentían al oírle algo que a la vez que las fascinaba, subyugándolas, hacía que ante él temblasen. Adivinaban algo dolorosamente secreto en sus palabras ardientes. En especial oyéndole hablar de alguno de sus temas favoritos, el de la tragedia del Paraíso cuando Eva tentó a Adán, haciéndole probar del fruto prohibido del árbol de la ciencia del bien y del mal, y fueron arrojados del jardín de la inocencia y quedó guardando su puerta un arcángel con una espada de fuego que iluminaba en rojor sus alas. O la tragedia de Sansón y Dalila. Y es que en sus palabras casi nunca había consuelo, sino dolorosas ansias. Y algo de rudo y de desesperado.

Alguna vez, es cierto, su voz lloraba y como si suplicase compasión de sus oyentes. Sentíase entonces el forcejeo de un alma presa descoyuntándose en contorsiones para romper sus ligaduras. Pero al punto se recojía y como contraíase, y entonces eran sus conminaciones más ásperas, sus profecías más recias.

Aquel predicador tormentoso no era para nuestras pobres almas heridas, que van al templo en busca de bizmas narcóticas y no de irritadores cauterios. Y no era querido, no; no era querido. En vano alguna vez trataba de ablandarse. El adusto profeta estaba condenado a la soledad.

Y él, a solas, sintiéndose solo, se decía: "Sí; es el castigo de Dios por haber dejado a Liduvina, por haberla sacrificado a mi ambición. Sí, ahora lo veo claro; creí que una mujer, una familia, serían peso y estorbo a mis ensueños de gloria". Aunque estaba solo cerraba los ojos, porque no quería ver, en lontananza, la sombra de una tiara. "No soy sino un egoísta —proseguía diciéndose—, un egoísta; he buscado el escenario que mejor se adapta a mis facultades histriónicas. ¡No he pensado más que en mí!".

Por fin le llegó la coyuntura que en secreto más ambicionaba, la de poner a prueba su vocación. Y es que le llamaron a predicar al convento de las Madres de la villa de Tolviedra.

Desde que lo supo, apenas dormía. No se lo dejaba el corazón. Y gracias que el mundo, la gente, o mejor dicho el público, no sabía el nudo que con aquel convento le ataba. Era ya un secreto para casi todos. Ahora, ahora iba a darse un espectáculo único y para ellos dos solos; ahora iba a hablar de corazón a corazón, en el secreto de una muchedumbre atónita y embebecida, con la fatídica compañera de su íntimo destino; ahora iba a confesarse a ella delante de todos y sin que nadie lo advirtiese; ahora iba a vencer un trance único en los anales de la oratoria cristiana, seguramente único. ¡Si supieran aquellos pobres devotos la escena del fatídico drama que allí se representaba! El cómico del apostolado sentíase en un transporte enloquecedor.

Y llegó el día.

El templo estaba rebosante de gente ansiosa de oír al predicador famoso. Habían acudido de los pueblecillos comarcanos y hasta de la capital de la provincia. El altar parecía un ascua de oro. Dentro de la cortina que detrás de las rejas velaba el coro adivinábase una vida de recojimiento y de éxtasis. De cuando en cuando salía de allí alguna tos perdida.

Subió Fray Ricardo pausadamente al púlpito, sacó un pañuelo y se enjugó con él la frente. El ancha manga blanca del hábito le cubrió como un ala, un momento, el rostro. Paseó su mirada por el concurso y la fijó un instante en la encortinada reja del coro. Se arrodilló a rezar la salutación angélica, apoyando la frente en las dos manos, cojidas al antepecho del púlpito. La tonsura brillaba a la luz de los cirios del altar. Levantose; sonaron algunas toses aisladas; rumor de faldas. Quedó todo luego en un silencio vivo.

Algo desusado le ocurría al predicador. Titubeaba, se repetía, deteníase a las veces, no logrando ocultar un extraño desasosiego. Pero fue poco a poco adueñándose de sí mismo, se le afirmó la voz y el gesto y empezó a rodar su palabra como un río de fuego sin llamas.

Los devotos oyentes contenían la respiración. Un ambiente de trágico misterio henchía el recinto del templo. Adivinábase algo solemne y único. No era un hombre, era el corazón humano el que hablaba. Y hablaba del amor, del amor divino. Y también del humano.

Cada uno de los que le oían sentíase arrastrado a las honduras del espíritu, a las entrañas de lo inconfesable. Aquella voz ardía.

Hablaba del amor que nos envuelve y domina cuando más lejos de él nos creemos.

Y decía:

"¡Esperar al Amor! ¡Solo le espera el que ya le tiene dentro! Creemos abrazar su sombra, mientras él, el Amor, invisible a nuestros ojos, nos abraza y nos oprime. Cuando creemos que murió en nosotros, suele ser que habíamos muerto en él. Y luego despierta cuando el dolor le llama. Porque no se ama de veras sino después que el corazón del amante se remejió en almirez de angustia con el corazón del amado. Es el amor pasión coparticipada, es compasión, es dolor común. Vivimos de él sin percatarnos de ello, como no nos damos cuenta de vivir del aire hasta los momentos de congojoso ahogo. ¡Esperar al Amor! Solo espera al Amor, solo le llama el que le tiene dentro de sí, el que de su sangre, aun sin saberlo, vive. Es el agua soterraña la que aviva la sequía. Sentimos a las veces sequedades abrasadoras, como las del campo desierto que se resquebraja de sed mientras ruedan sueltas sobre su haz las hojas ahornagadas por el bochorno, y entretanto en las honduras de ese campo mismo, por debajo de las raíces de su muerto verdor, corre sobre la roca de sustento el manantial de las aguas del cielo avivadoras. Y es el rumor de esas aguas profundas el que se funde al rumor de las hojas secas. Y llega un punto en que la reseca tierra sedienta se abre, y brotan a su sobrehaz en surtidor las ocultas aguas. Así es el amor.

"Pero es el egoísmo, hermanas y hermanos míos, es el triste y fiero amor propio el que nos ciega para no ver al Amor que nos abraza y envuelve, para no sentirle. Queremos robarle algo, no entregarnos por entero a él, y el Amor nos quiere y nos reclama enteros. Queremos que sea Él nuestro, que se rinda a nuestros locos deseos, a la rebusca de nuestro personal brillo, y Él, el Amor, el Amor encarnado y humanado, quiere que seamos suyos, suyos por entero y solo suyos. ¡Y qué pronto nos rendimos! ¡Al vernos al pie de la cuesta! Y, ¿por qué nos rendimos? Por las más tristes razones —¡razones, sí!, miserables razones—, ¡por miedo al ridículo, acaso! ¡No por algo peor, hermanas y hermanos míos! ¡Qué torpe, qué egoísta, qué mezquino es el hombre! ¡Perdón...!".

Al llegar a esta palabra, que saltó como un grito desgarrado de las entrañas, la voz de Fray

Ricardo, que, como río de fuego sin llama, iba rodando sobre el silencio vivo del devoto auditorio, se vio cortada por el desgarrón de un sollozo que venía de detrás de la reja encortinada del coro. Hasta las llamas de los cirios del altar parecieron estremecerse al choque de fusión de aquellos dos gritos del alma. Fray Ricardo se trasmudó primero como la blanca cera de los cirios del altar. Después se le encendió el rostro como el de sus llamas; miró al vacío, dobló la cabeza sobre el pecho, se cubrió los ojos con las manos, que apenas asomaban temblorosas de sus aladas mangas blancas, y estalló a llorar entre sollozos comprimidos que se fundieron con los que del velado coro salían. Un momento espesose aún más el silencio de la muchedumbre atónita; rompieron luego llantos, arrodillose el predicador. Después se dispersaron los oyentes poco a poco.

Durante días y aun meses no se habló en Tolviedra, y aun fuera de ella, sino de aquel singular suceso. Y los que lo presenciaron lo recordaban después durante su vida toda.

Parecíales que en el momento de ocurrir el estallido del misterio iba diciendo el predicador en frases rotas y conceptuosas enigmas extraños. Más adelante llegó a saberse, o entresaberse, por lo menos, algo de lo que había habido por debajo, algo del rumor del fuego soterraño que se unió al rumor de las aguas de fuera, y con ello empezaron los más avisados a penetrar en lo que había sido la oración de Fray Ricardo.

Él y ella, Fray Ricardo y Sor Liduvina, sintiéronse más presos del destino que cuando no los separaba más que la reja de la casona del callejón de las Ursulinas. Al abrazarse y fundirse en uno sus sollozos, fundiéronse sus corazones, cayéronseles como abrasadas vestiduras y quedó al desnudo y descubierto el amor, que desde aquella triste fuga les había sustentado las sendas soledades.

Y desde aquel día...

Salamanca, noviembre de 1911.

Índice

www.ingramcontent.com/pod-product-compliance
Lightning Source LLC
Chambersburg PA
CBHW050500110726
47899CB00003B/1021